古利和古拉与小堇

[日] 中川李枝子 著　[日] 山胁百合子 绘　季颖 译

北京联合出版公司
Beijing United Publishing Co.,Ltd.

早上，田鼠古利和古拉一起床就说：

“胡萝卜长得怎么样了？”

“扁豆蔓又长长了吧。”

他们立刻跑到院子里去看菜地。

胡萝卜的叶子绿油油的，密密匝匝地挤在一起。

古利给胡萝卜劈了叶子。

扁豆蔓也长长了。
古拉在扁豆秧旁边插上细杆，
好让扁豆顺着杆爬蔓儿。

古利和古拉又是培土，又是浇水，忙活了一大阵。
干完活儿以后，他们把手洗干净，说：
“哈，我们也该吃早饭了。肚子都饿扁啦！”

早餐是放了好多胡萝卜叶的蛋包饭。

“嗯，太好吃了。咱们的菜地真不赖。”古利说。

“我们是好农夫。”古拉跟着说。

“这话说得不错！”古利说，“这回咱们种南瓜吧。”

古拉一听也很来劲儿，说：“好，种南瓜。种又甜又面的南瓜。”

蜂蜜

吃完早饭，古利和古拉立刻从书架上找来了书。

古利找来的是《南瓜的种类及其栽培》，

古拉找来的是《南瓜食谱大全》。

正当他们专心看书的时候，门口传来一个好可爱的声音：“你们好。南瓜。又甜又面的南瓜。”

古利和古拉跑去一看，门口站着一个女孩。
女孩身上背着一个鼓鼓囊囊的大背包。
“我叫小堇，是从那边的堇草地来的。”

小堇放下背包，擦着额头说：
“瞧，出了这么多汗。”

古利连忙端来一杯水。

古拉也赶紧拿来了毛巾。

“啊，真好喝。”小堇一口气喝了三杯水，一边用毛巾擦汗一边说：“谢谢，谢谢。”

擦完汗，小堇蹲下身去，只见她打开背包，

小心翼翼地把两只手伸进背包里，

“嗨！”的一声，捧出一个大南瓜。
“给，礼物。”

“啊，好大的南瓜！谢谢小堇。”古利和古拉瞪圆眼睛喊起来。

“这是什么品种呀？和栗子南瓜不一样。”

“既不是日本南瓜，也不是西洋南瓜。”

古利和古拉围着南瓜又摸，又敲，又拍，

用鼻子闻闻，拿耳朵听听，仔细察看。

“哈哈，知道了！”他们说，“这一定是世界上独一无二的小董南瓜。”

“猜对啦！”小董说。

“虽说猜对了，可是小堇南瓜也太大了。用刀切不开呀。”

“皮好硬，用锯子锯怎么样？”

正当古利和古拉左思右想的时候，小堇说：“看我的！”

“用我妈妈的方法。”

小堇抱着南瓜走到屋外，用力举起南瓜，

然后“嗨”的一声扔到地上。

南瓜在地上滚了几个滚儿。

“再来一遍。”

小堇又“嗨”的一声把南瓜扔到地上。

可是，还是和刚才一样。

“看这回的！”小堇又举起南瓜。

她叉开两脚，使出全身力气把南瓜往地上一摔。

砰——南瓜猛地弹到空中。

南瓜落到地上，啪地裂开一条缝——

摔成了两半。

“啪啪啪啪”，周围响起了一片掌声。

原来是森林里的动物们看见了飞到空中的南瓜，就都跑来了。

盐
胡

来，大家动手做南瓜。

我们的名字叫古利　叫古拉
在这世界上　最最喜欢啥
做好吃的　吃好吃的
古利　古拉　古利　古拉

用南瓜做了这么多好吃的：

煮南瓜泥　烤南瓜片

南瓜布丁　南瓜江米条

炸南瓜饼　南瓜面包圈

南瓜馒头　南瓜煎饼

这个也好吃，那个也好吃，

大家都吃得饱饱的。

当晚霞染红天空的时候，东西全都吃光了。

“再见！”

小堇背上变得扁扁的背包，

一蹦一跳地回堇草地去了。

古利和古拉把小堇南瓜籽种到了菜地里。

北京市版权局著作权合同登记 图字：01-2020-2402